土曜社

高橋睦郎 序文

Лилик

Пишу тебе сейчас потому что при Коле
я не мог тебе ответить. Я должен тебе
написать это сейчас же, чтоб моя радость
не помешала бы мне дальше вообще что
либо понимать
Твое письмо дает мне надежды на кото-
рые я ни в каком случае не смею рассчитывать,
и рассчитывать не хочу, так как всякий
расчет построенный на старом твоем отношении
ко мне — не верен. Новое же отношение ко
мне может создаться только после того как ты
теперешнего меня узнаешь.
Мои письмишки к тебе тоже не должны и
не могут браться тобой в расчет — т.к. я должен
и могу иметь какие ~~то~~ бы то ни было решения
о нашей жизни (если такая будет) только к 28-му.
Это абсолютно верно — т.к. если б я имел право и
возможность решить что нибудь окончательно
о жизни сию минуту, если б я мог в твоих
глазах ручаться за правильность — ты спросила бы
меня сегодня и сегодня же дала б ответ. И уже
через минуту я был бы счастливым человеком.
Если у меня уничтожится эта мысль я потеряю
всякую силу и всю веру в необходимость переносить
весь мой ужас.
Я с мальчишеским, лирическим бешенством
ухватился за твое письмо.
Но ты должна знать что ты познакомишься
28 с совершенно новым для тебя человеком
все что будет между тобою и им нач-
нет слагаться не из прошедших теорий а
из поступков с 28 февраля, из „дел" твоих

マヤコフスキー

小笠原豊樹　新訳

高橋睦郎　序文

背骨のフルート

土曜社刊

Владимир Маяковский

Флейта-позвоночник

弾丸の終止符

高橋睦郎

小笠原豊樹『マヤコフスキー事件』は、ここ数年出会った本の中の、最も深く心に残る一冊だった。その理由は、同書が平成二十五年度の第六十五回読売文学賞に決まった折の、沼野充義選考委員の選評に尽されていると思うので、抜粋させていただこう。

……若き学生時代からマヤコフスキーの詩に熱中し、翻訳も手がけ、ゆうに半世紀以上にわたってこの詩人と付き合ってきた著者は、彼の死の謎について執念の追究を続けた。

小笠原氏は資料を渉猟し、まるでジグソーパズルのピースを組み合わせるかのように、あっと驚くような図柄を現出させる。苛酷な革命と粛清の時代の闇から、宿命的に出会った人々の愛憎の交錯が鮮やかに解きほぐされるのだ。本書は長年の研究の総決算であると同時に、推理小説以上にスリリングな謎解きの物語になっている。（後略）

加えるに今回の小笠原豊樹新訳によるマヤコフスキー叢書の発行によって、わが国の詩の読者は、この二十世紀ソビエト・ロシア最重要の詩人と向き合う絶好の機会に恵まれることとなった。

それというのも、詩人を含む日本の詩の読者は、ボードレール、ランボー以来のフランス詩、ヘルダーリン、リルケ以来のドイツ詩、エリオット、オーデンらの英詩、パウンド、ウィリアムズらの米詩、さらにイタリア詩、スペインおよびスペイン語圏の詩に較べても、プーシキン、レールモントフ以来のロシア詩、ことにマヤコフスキー以後の二十世紀ソビエト・ロシアの詩に、真剣に対することが、今日までなかったように思われるからだ。

さて、マヤコフスキーとロシア革命の関係は、どう捉えればいいか。僕の素人考えはまことに月並で、彼の権威破壊的な資質は革命に向かう混乱期には有効だが、革命が成就し新体制が整う方向が見えてくると、むしろ邪魔になってきたのではないか。『マヤコフスキー事件』を読む限りでは、一九三〇年四月十四日の死は当局の回し者による他殺の様相が濃厚だが、もし他殺がなかったとしても、早晩自殺する可能性が高かったのではないか。

そのことはずいぶん早くから彼自身に予見されていて、
それが死の十五年前の一九一五年に書かれ、翌一六年二
月に出版された『背骨のフルート』プロローグの第二連
だろう。

この頃ますます思うこと、
じぶんの最後に弾丸の終止符を
打ったほうがよくはないか。
今日ぼくは
万一の場合にそなえて
告別演奏会をひらきます。

当時、マヤコフスキーはリーリャとオシップのブリー
ク夫妻との三角関係、とりわけリーリャへの報われぬ一

方交通の愛に悩んでいて、ここで「弾丸の終止符」というのは直接にその、儘《まま》ならぬ愛にとどめを刺す終止符の意味で、だから「万一の場合にそなえて」の「告別演奏会」の内容は『背骨のフルート』全体ということになろう。しかし、文脈も異なり、冗談半分だったにもせよ、当人はともかく言葉は十五年後の「弾丸の終止符」を予見していた、といえるのではないか。

　歴史上のもしもは禁物というが、それでも、もしも一九三〇年四月十四日の「弾丸の終止符」がなかったら、マヤコフスキーはどうなったろう、と考えてしまう。その場合は、粛清の対象になるか、亡命を余儀なくさせられるか、御用詩人になりさがるか、三つに一つ。そのいずれも、とくに第三の選択はこの不羈《ふき》の詩人には耐えがたいところだろう。その意味では自殺にせよ他殺にせよ、三〇年の「弾丸の終止符」は倖《しあわ》せだった、ともいえよう。

同じことは政府当局にもいえる。マヤコフスキーの死後、独裁者スターリンは彼をソビエト・ロシア文学の代表者に祭りあげるが、もし死んでいなかったら粛清か、そうでなくとも流刑に処する事態は避けられなかったろう。トロツキーはスターリンよりも正確にマヤコフスキーの詩才を評価していたようだが、正確に評価すればするだけ、体制にとって困った存在となる可能性も認識していたろう。レーニンに至ってはそもそもマヤコフスキーを含む未来派を嫌っていた。

そう考えると『背骨のフルート』全体が不実の恋人リーリャへの「弾丸の終止符」（しかも、その出版の版元はなんとリーリャの夫オシップ！　なおその出版も三角関係の終止符とはならず、十年後に三人は腐れ縁の共住生活を送っている）であるとともに、ソビエト政府と人民と自分との三角関係の終止符への予告ともなっているのではないか。

背骨のフルート

プロローグ

きみたちみんな、
昔か今か恋し恋され、
心のほらあなに保存される聖像《イコーナ》、
ワインの乾盃のように、きみらのために、
ぼくは詩を満たした頭蓋骨を挙げよう。

この頃ますます思うこと、
じぶんの最後に弾丸の終止符を
打ったほうがよくはないか。

今日ぼくは
万一の場合にそなえて
告別演奏会をひらきます。

思い出よ！
集めてくれ、脳髄の広間に、
恋人たちの大群衆を。
目から目へ笑いを流せ。
ありし日の婚礼で夜を飾れ。
体から体へ快楽を流すべし。
この夜をだれにも忘れさすな。
ぼくは今日フルートを吹こう、
自分の背骨のフルートを。

1

蜒々《えんえん》たる街を足ふりまわして踏みつぶす。
ぼくはどこへ出掛けるのだ、この地獄を抱いて。
どんな気高いホフマンのために
きみは考案されたのか、呪われた女⁈

快楽のあらしに、街はせますぎる。
祭は華やぐ人たちをつぎつぎと汲みあげた。
ぼくは思う。
思想が、かたまった血液が、
病んだ、焦げてるやつが、頭蓋から這って出てくる。

ぼくは、
すべて祭の奇蹟をおこなう者だが、
このぼくには祭に出掛ける連れがいないのだ。
ひとつ仰向けにひっくりかえって、
ネフスキー通りの石畳に脳味噌をぶちまけるか！
ぼくは神のわるくちを言ったのだった。
神なんかいるものかとわめいたが、
神は炎熱地獄の深みから
山さえ胸ときめかすほどの美人を
連れてきて、
愛せよ！　と命じた。

今や神は満足している。
空の下の断崖絶壁で

へとへとに疲れた男が狂ってくたばった。
神は商人《あきんど》のように手揉みして、
思う、
今にみろよ、ヴラジーミル！
こいつだ、こいつなんだ、
きみをまるで別人にするために、
きみにほんものの亭主をあたえ、
ピアノに人肉の譜面を置いたのは。
寝室のドアに忍び寄って、
毛布の鞭打ちで、きみらに十字を切れば、
きっと匂ってくるだろう、
毛の焦げる匂いが。
悪魔の肉が灰色の煙を立てるだろう。

ぼくはその代りに夜の明けそめるまで、
きみを愛さねばならぬ運命のおそろしさに
輾転反側し、
叫びを詩の行にきざんだ。
もう半ば気のくるった宝石商。
トランプでもやるか！
酒で
溜息をつきすぎた心臓の喉をうがいするか。

きみなんか要らない！
欲しくない！
どっちにしろ
分ってるのは
ぼくがもうじきくたばること。

お前がほんとにいるのなら、
神よ、
ぼくの神よ、
お前が星の敷物を織ったのなら、
日ごと増大する
この痛みが
お前のくだした拷問なら、
裁判官の鎖を身につけてくれ。
ぼくの訪問を待つがいい。
ぼくは時間は正確、
一日たりとも遅れない。
分ったか、
至高至上の異端糺問官！

口をかたくとじよう。
叫び声は一つだって
ぼくの噛みしめたくちびるから洩らすものか。
馬のしっぽみたいな箒星にぼくを縛りつけて、
星の歯車にぶつかりながら
走らせるがいい。
でなければこうだ。
ぼくの魂がそちらに移住して、
お前の法廷に出席するとき、
もうろくした眉毛を寄せながら
お前は
銀河を絞首台代りに、
ぼくという罪人を処刑するんだ。

好きなことをしてくれ。

なんなら、八つ裂きにしてくれ。
お前の両手は、ぼくが信心ぶかく洗ってやる。
ただひとつ、
（よく聴け！）
あの呪われた女をどこかへ連れてってくれ、
ぼくの恋人だったあの女を！

蜒々たる街を足ふりまわして踏みつぶす。
ぼくはどこへ逃げるのだ、この地獄を抱いて！
どんな気高いホフマンのために
きみは考案されたのか、呪われた女?!

2

そして空は、
煙のなかで青さを忘れ、
黒雲たちは避難民のようにぼろぼろ、
ぼくの最後の恋にむかって、 ぼくはそれらをかがやかせよう。
肺病やみの頬の赤みのように明るいぼくの恋。

ぼくはよろこびで覆うのだ、
家も安楽な暮らしも忘れた群衆の
わめき声を。
みんな
聴いてくれ！

塹壕から出るんだ。
戦争はあとにしろ。

たとえ
バッカスのように血に酔いしれて、
酩酊の戦いがつづこうとも、
そのときだって恋のことばはほろびない。
愛するドイツ人たちよ！
ぼくは知ってる、
きみらのくちびるには
ゲーテのグレートヒェン。

フランス人は
ほほえみつつ銃剣に倒れる。

撃たれた飛行士も微笑を浮かべて片輪になる。
くちづけに、トラヴィアータよ、
きみのくちびるを
思い出しさえすれば。

だがぼくはバラ色の柔肌には用がない、
数世紀の年月に喰いあらされた肌には。
今日は新たな足の下にひれ伏すがいい！
ぼくはきみを歌う、
化粧した、
赤毛のきみを。

銃剣のきっさきみたいに気味わるい、
永の年月にあご鬚まで白くなる

今日この頃からは、もしかすると
残るのはただ
きみと、
ぼくだけ。
町から町へきみを追うぼく。

きみが海の彼方に嫁いで、
夜の洞窟に身を隠そうと、
ぼくはロンドンの霧を通しきみに、
火と燃える街灯のくちびるにくちづけよう。

砂漠の炎熱にきみがキャラバンを率い、
ライオンに守られていようと、
きみのため、

風に裂かれる埃の下で
ぼくはサハラに燃える頬を置こう。

きみがくちびるに微笑をはめこみ、
眺める、
闘牛士《トレアドール》ってすてき!
と突然ぼくが
桟敷めがけて嫉妬を投げこむだろう、
死にかけた仔牛のまなざしで。

散歩の足を橋に運んで、
きみは思う、
あの下はきれいだわ。
それはぼくがセーヌに化けて

橋の下を流れているのだ。
ぼくは呼ぶ、
腐った歯をむきだしにして。

きみがペテルブルクの矢　場《ストレルカ》やモスクワの鷹狩場《ソコーリニキ》で
ほかの男と乗馬の火を焚きつける。
あそこに高くよじのぼり、
疲れて、裸で待つ月、あれはぼくだ。

強いぼく、
かれらに必要なぼくは
命令される、
戦場でおのれを殺すべし！
最後に残るのは

きみの名前だ、
弾に裂かれたくちびるに凝結《ぎょうけつ》して。

ぼくの最期は王冠か？
セント・ヘレナか？
人生の嵐に大波の鞍を置き、
ぼくは同時に立候補する、全宇宙の皇帝に、
そして
流刑囚に。

ぼくが皇帝に即位したなら、
きみのかわいい顔を
ぼくの貨幣、黄金の太陽に
鋳込《いこ》め！

と人民に命じよう。
だが彼方、
世界がツンドラに色あせ、
河が北風と取引きするところでは、
ぼくはリーリャの名を爪で鎖にきざみつけ、
徒刑のくらやみのなか、鎖にくちづけし果てるだろう。

聴いてくれ、空の青さを忘れた人たち、
けもののように
毛を逆立てた人たち！
これは恐らくは
この世の最後の恋なのだ、
肺病やみの頬の赤みにかがやいた恋。

3

年月日を忘れるだろう。
ぼくは原稿用紙と二人で閉じこもろう。
生まれろ、くるしみに透き通ったことばの
人間ばなれした魔術！

今日きみの部屋に入って
すぐ感じた、
家のなかのトラブルを。
きみは絹の服に何かを隠し、
香脂の香りが空中にひろがっていた。
うれしい？

「とても」

と冷たい返事。

胸さわぎに理性の垣根はこわれた。

ぼくは絶望を積みかさねる、熱に浮かされて。

聴いてくれ、
何はともあれ
死体は隠せない。
恐ろしいことばだが、嘘じゃない！
何はともあれ
きみの筋肉の一つ一つが
まるでメガホンで
死んだ、死んだ、死んだ！と
どなるよう。

いや、
答えてくれ。
ほんとうのことを！
（ぼくはこのまま引きさがれようか）
二つの墓穴のように
きみの顔に掘られた両眼。

墓穴は深くなる。
底なしだ。
どうやらぼくは
この日々の足場から転げ落ちそう。
ぼくは深淵の上に精神の綱を張り、
ゆれながら、ことばの綱渡りをやった。

なるほど、
あの男の愛はもう擦《す》り切れたのか。
これだけ兆《きざし》があれば、きみの退屈はよく分る。
ぼくの精神のなかで若返れ。
体の祭を、心と近づきにすればいい。

なるほど、
だれでも女には金を払うのか。
よろしい、
今のところ
パリ・モードの服の代りに
きみにはタバコの煙を着せよう。

ぼくの恋を、

むかしの使徒のように、
ぼくは諸国に持ち歩こう。
きみには冠が永久にそなえつけられ、
その冠にかかったぼくのことばは
痙攣の虹のようだ。

象たちが百貫の重さの遊戯で
ピュロスの勝利をおさめるように、
ぼくは天才の足どりできみの脳髄を破壊した。
心配するな。
きみを奪《と》りはしないよ。

よろこべ、
よろこべ、

きみの勝ちだ!
今の
このさびしさに、
ぼくは運河まで走って行って、
水のあぎとにあたまを突っこみたい。

きみはくちびるをくれた。
そのくちびるの粗暴なこと。
触れたぼくは冷えきった。
まるで、ざんげのくちびるで
冷たい岩に刻まれた修道僧にくちづけるよう。

ドアが
ぴしゃり。

かれが入って来た、
街の楽しさに濡れて。
ぼくは
号泣のなかでまっぷたつに割れた。
かれに叫んだ。
「よろしい！
ぼくは出て行く！
よろしい！
きみの女は残る。
ぼろ服をこしらえてやれ、
控え目な絹の翼も少しは金持らしく見えるだろう。
水に流さぬように気をつけろよ。
女房の首の重しに
真珠の頸飾りを掛けてやれ！」

おお、この
夜！
絶望はひとりでに固く固く締まった。
ぼくの泣き声と笑い声を聞きつけて、
部屋の顔は恐怖にゆがんだ。

するときみから奪われた一つの顔がまぼろしのように浮かぶ。
かれの敷物の上で、きみは両眼を燃やしていた。
ちょうど新たなもう一人のビアリクが
目もくらむばかりのシオンの王女を夢みるように。

苦悩のなか、
人にゆずった女の前で

ぼくはひたすらひざまずく。
すべての町を
明け渡した
国王アルベルトは、
ぼくとともに買収された誕生日の主賓だ。

太陽で鍍金《めっき》しろ、花を、草を！
春めくがいい、大自然のいのちよ！
ぼくが欲しいのは毒だけだ、
詩を飲みに飲むこと。

こころを盗んだ女よ、
そのこころをすべて失い、
たわごとでぼくの魂をさいなんだ女よ、

ぼくの贈物を受けてくれ、いとしい女よ、
たぶんぼくはもう何一つ考えつくまい。

今日という日を祭の色に塗っておくれ。
生まれろ、
磔《はりつけ》にひとしい魔術。
ごらんの通り、
ことばの釘で
ぼくは原稿用紙に釘づけされている。

訳者のメモ

訳者のメモ

『ズボンをはいた雲』につづく作品『背骨のフルート』は、一九一六年の二月に、六〇〇部が、オシップ・ブリークの私家版として発行された。この発行月日と発行者については、二月十九日付の印刷屋からオシップに宛てた領収書が残っていて、「カバーつきのマヤコフスキーの本」六〇〇部で六十八ルーブリ五十カペイカという請求金額が記されている。これは、いわゆる自費出版の費用として高いのか、安いのか。

外国のことを調べていて、たいそうわかりにくい事柄の一つは過去の物価だ。私たちは、自分がその国に暮らして、そこの経済を肌で感じたことがない限り、特定の時代や場所での経済生活を云々するわけにはいかない。マヤコフスキーの場合、さいわい、詩人自身がヒントを与えてくれる。例えば『私自身』という自伝のなかで、父親が急死し、母親と子供三人がモスクワに出てきたとき、亡父の恩給は月額十ルーブリだったと記録している。一人息子のマヤコフスキーは中学に通い、姉たち二人もまだ学生だったから、これではとても食べて行けないので、母親は自宅を賄いつきの下宿にしたのだ、と。そしてある日、灯油を買いに行き、五ルーブリ札を出したら、店主はそれを二十ルーブリ札と間違えたのか、お釣りを十四ルーブリ五十カペイカよこした。すなわち十ルーブリまるまるの儲けだ。マヤコフスキー少年はその十ルーブリで葡萄パンを四個買って平らげ、残りの金はパトリアルシ池でボート遊びに遣ったという。これだけでも、当時の一ルーブリの価値はおおよそ見当はつくけれども、マヤコフスキーは、ヒントをもう一つ残してくれた。復活祭の卵といえば、いろんな色を派手に塗りたくった、いかにもロシア正教といった感じの縁起物だが、一家で色塗りの内職をした卵を一個十から十五カペイカで売ったのだという。そしてもう一つ。美術学校で知り合ったダヴィド・ブルリュックが、きみは優秀な詩人なんだから、腹を減らさずに詩を書けと言って、毎日五十カペイカずつマヤコフスキーにくれた、という有名なエピソードもある。

右のいくつかの物価の記録はいずれも一九一四年夏の第一次大戦勃発以前のことであって、『ズボンをはいた雲』や『背骨のフルート』が書かれた一九一五、一六年という時期に、戦時中の物価騰貴がとうに始まっていたことは間違いない。だからこそ、一五年五月にポーカーで儲けた六十五ルーブリが「何の苦もなく消え失せた」と、ちょっと悔しそうに自伝のなかでマヤコフスキーは語っている。一四年以前の金銭感覚でいうなら、五十カペイカは現代日本の私たちには五百円、一ルーブリは千円といったところか。もしも一晩のポーカーで稼ぎ出した六万五千円が実質五万円程度の遣い出もなく「消え失せた」のなら、その悔しさは察するに余りあろう。

オシップ・ブリークは、『背骨のフルート』を世に出した一九一六年当時、印刷屋に六十八ルーブリ五十カペイカを支払った。ちなみに、訳者は一九五六年に最初の詩集を自費出版したけれども、その後、自費出版の経験はないから、日本での最近の相場のようなものは、ごく一般的な広告などをたまに目にするだけで、あまりよく知らない。だが、これは全くの偶然なのだが、『背骨のフルート』と訳者の最初の詩集は分量的にほとんど同じ、しかもカバーつきという条件も同一だから、時代こそ異なれ、日ロ両国の自費出版の相場を大雑把にでも比較できる。オシップはおよそ六万九千円を印刷屋に払い、訳者はきっちり三万円を当時の書肆ユリイカの伊達得夫氏に支払った。訳者の詩集の刷り部数は三〇〇、『背骨のフルート』のそれは六〇〇なので、この二つの出版物の製作に要した費用はほぼ同一だ。伊達氏が恐らくは三万円のうち何パーセントかを自らの収入とし、残りの金を印刷屋に支払ったとすれば、両国の自費出版の相場には若干の開きが生じ、それにともなって、このような業界のいじましさが多少とも明らかになるかもしれない。

一九一六年。これはマヤコフスキーにとって惨憺たる一年だった。一四年に第一次大戦が始まったとき、ヨーロッパ中の若い世代の大多数と同じく（ドイツのエルンスト・トラーの場合、あるいはフィクションの人物なら『チボー家の人々』のジャックの場合を参照のこと）興奮さめやらぬ態の未来派詩人マヤコフスキーは、妙に排外主義的な木版絵葉書の文句を書き散らしたり（世界に冠たるドイツと叫んで／とっとと逃げ出すドイツ兵）、義勇兵に志願したりするが、義勇兵については即刻不採用の通知をもらい、翌一五年十月には徴用されてペトログラード（サンクトペテルブルク）の軍用自動車学校に勤務し、一七年の帝政崩壊の日まで、前線から帰国した自動車部隊の兵士たちに宿舎を割り当てる「設営係」の仕事をしながら、あるいはときどきサボりながら、『背骨のフルート』『戦争と世界』『人間』を書く。その頃には、開戦当初の興奮はどこへやら、殺戮の報道にうんざりした詩人はこんな作品を書いている……

モスクワ市に言ってやってください、
勝手に死守しやがれって！
そんな必要ないんだ！
武者ぶるいはやめときな！（『ぼくとナポレオン』）

そう言えば、オシップが「一行五十カペイカで、すべての作品を買ってくれた」とマヤコフスキーは自伝の中で記録している。もちろん、ここで「すべての作品」というのは、『ズボンをはいた雲』を私家版で出してくれた頃までの、あるいはその前後の時期の、ほかの多くの作品という意味だろう。当時のオシップは大学の法科を出たあと、まだ就職せず、家業の黒珊瑚の輸入を手伝ったりする身分だったので、若い有望な詩人を援助する余裕は十分にあったと思われる。『背骨のフルート』は総行数三一六行だから、一行五十カペイカだとすれば百五十八ルーブリ——現在のわれわれの金銭感覚に置き換えるなら十五万八千円——で買われたことになろうか。だが、『背骨のフルート』の私家版出版のためにすでに六万九千円ほど印刷屋に支払われたことは事実なのだから、それで本ができればもういいじゃないか、「一行五十カペイカ＝五百円」の約束はこの場合に限って大目に見てくれないか、わかった、俺はそれでいいよ、というようなやりとりがあったかどうかは不明だ。あるいは、ひょっとして、本になろうとなるまいと、一行五十カペイカの原則は守ろう、このたびは六百部ぜんぶ売れれば十五万八千くらい軽いもんだ。定価をいくらにつければいいかな。十五万八千、割る、六百は、ええと、二百六十三円三十三銭三三三……定価二百六十四円にすりゃいいんだ。つまり、一冊二十七カペイカで売ろう。安いもんじゃないか、今どき。

頭の中を駆けめぐるオシップの声を振り払おうと、訳者は自分の第一詩集を書棚の奥から引っ張りだす。その奥付を見て、唖然とする。一九五六年四月十五日発行。定価二三〇円。……オシップは、少なくとも一九一〇年代には、単なる文学好きな若い商売人として、四十年後の資本主義国のごく普通の出版人と結果的には大体同じことをしていたわけである。一九一六年という年が過ぎ去り、一九一七年のボリシェヴィキ政変後となると、そうはいかない。黒珊瑚を商う人間など、いつ財産を没収され、銃殺されるか、知れたものではない。そこでオシップは妻のリーリャともども、確実な所に就職する。就職先はすこぶる長い名称の組織で「反革命・サボタージュおよび投機取締り非常委員会」といい、これをきわめて短く「チェカー」と読む。

（マヤコフスキーにとって惨憺たる一年、一九一六年については、次回につづく）

『背骨のフルート』には、注記を必要とする人名などが何箇所か見受けられるが、いちばん難しい「ピュロスの勝利」にせよ、ビアリクにせよ、アルベール王にせよ、大きめの世界人名辞典には必ず載っている。＊ピュロス（前三一九―二七二）はキリスト紀元前四世紀から三世紀にかけて、ギリシャのエペイロスの王位にあり、在位中、近隣諸国と戦争ばかりしていた。いずれの場合も僅差で勝つのだが、味方の犠牲者の数も敵方に負けず劣らずで、やがて「ピュロスの勝利」というのは「引き合わぬ勝利」という意味で世間の流行り言葉になった。＊現代ヘブライ語詩人のビアリク（一八七三―一九三四）も、第一次大戦で最初にドイツ軍に蹂躙されたベルギーの国王、英明なアルベール一世（一八七五―一九三四）も、二十歳ほど年上だが、マヤコフスキーの同時代人であった。こんなふうに、まだ生きている友人、知人、有名人のたぐいを自分の詩句の比喩の中へいささか強引に組み入れるのは、『ズボンをはいた雲』以後、マヤコフスキーが固執した手法の一つである。

二〇一四年九月

訳者

著者略歴

Влади́мир Влади́мирович Маяко́вский

ヴラジーミル・マヤコフスキー

ロシア未来派の詩人。1893年、グルジアのバグダジ村に生まれる。1906年、父親が急死し、母親・姉2人とモスクワへ引っ越す。非合法のロシア社会民主労働党（RSDRP）に入党し逮捕3回、のべ11か月間の獄中で詩作を始める。10年釈放、モスクワの美術学校に入学。12年、上級生ダヴィド・ブルリュックらと未来派アンソロジー『社会の趣味を殴る』のマニフェストに参加。13年、戯曲『悲劇ヴラジーミル・マヤコフスキー』を自身の演出・主演で上演。14年、第一次世界大戦が勃発し、義勇兵に志願するも、結局ペトログラード陸軍自動車学校に徴用。戦中に長篇詩『ズボンをはいた雲』『背骨のフルート』を完成させる。17年の十月革命を熱狂的に支持し、内戦の戦況を伝えるプラカードを多数制作する。24年、レーニン死去をうけ、長篇哀歌『ヴラジーミル・イリイチ・レーニン』を捧ぐ。25年、世界一周の旅に出るも、パリのホテルで旅費を失い、北米を旅し帰国。スターリン政権に失望を深め、『南京虫』『風呂』で全体主義体制を風刺する。30年4月14日、モスクワ市内の仕事部屋で謎の死を遂げる。翌日プラウダ紙が「これでいわゆる《一巻の終り》／愛のボートは粉々だ、くらしと正面衝突して」との「遺書」を掲載した。

訳者略歴

小笠原 豊樹〈おがさわら・とよき〉ロシア文学研究家、翻訳家。1932年、北海道虻田郡東倶知安村ワッカタサップ番外地（現・京極町）に生まれる。51年、東京外国語大学ロシア語学科在学中にマヤコフスキーの作品と出会い、翌52年『マヤコフスキー詩集』を上梓。56年に岩田宏の筆名で第一詩集『独裁』を発表。66年『岩田宏詩集』で歴程賞受賞。71年に『マヤコフスキーの愛』出版。75年、短篇集『最前線』を発表。露・英・仏の3か国語を操り、『ジャック・プレヴェール詩集』、ナボコフ『四重奏・目』、エレンブルグ『トラストDE』、チェーホフ『かわいい女・犬を連れた奥さん』、ザミャーチン『われら』、マルコム・カウリー『八十路から眺めれば』、スコリャーチン『きみの出番だ、同志モーゼル』など翻訳多数。2013年出版の『マヤコフスキー事件』で読売文学賞受賞。現在、マヤコフスキーの長篇詩・戯曲の新訳を進めている。

マヤコフスキー叢書
背骨のフルート
せぼね の ふるーと

ヴラジーミル・マヤコフスキー 著

小笠原豊樹 訳
高橋睦郎 序文

2014年 9 月20日　初版第 1 刷印刷
2014年10月10日　初版第 1 刷発行

発行者 豊田剛
発行所 合同会社土曜社
150-0033
東京都渋谷区猿楽町11-20-305
www.doyosha.com

用紙　株 式 会 社 竹 尾
印刷　株 式 会 社 精 興 社
製本　加藤製本株式会社

The Backbone Flute
by
Vladimir Mayakovsky

This edition published in Japan
by DOYOSHA in 2014

11-20-305, Sarugaku, Shibuya,
Tokyo 150-0033, JAPAN

ISBN978-4-907511-03-6　C0098
落丁・乱丁本は交換いたします

マヤコフスキー叢書

*

小笠原豊樹 新訳・予価 952 円〜 1200 円・全 15 巻

ズボンをはいた雲

悲劇ヴラジーミル・マヤコフスキー

背骨のフルート

戦争と世界

人　間

ミステリヤ・ブッフ

一五〇〇〇〇〇〇〇

ぼくは愛する

第五インターナショナル

これについて

ヴラジーミル・イリイチ・レーニン

とてもいい！

南京虫

風　呂

声を限りに

マヤコフスキー叢書の既刊

*

ズボンをはいた雲

小笠原豊樹 新訳　入沢康夫 序文　2014年5月初版　本体952円

ぼくの精神には一筋の白髪もないし、
年寄りにありがちな優しさもない！
声の力で世界を完膚なきまでに破壊して、
ぼくは進む、美男子で
二十二歳。

戦争と革命に揺れる世紀転換期のロシアに空前絶後の青年詩人が現れる。名は、V・マヤコフスキー。「ナイフをふりかざして神をアラスカまで追い詰めてやる！」と言い放ち、恋に身体を燃やしにゆく道すがら、皇帝ナポレオンを鎖につないでお供させる。1915年9月に友人オシップ・ブリークの私家版として1050部が世に出た青年マヤコフスキー22歳の啖呵が、世紀を越えて、みずみずしい新訳で甦る。

悲劇ヴラジーミル・マヤコフスキー

小笠原豊樹 新訳　平田俊子 序文　2014年7月初版　本体952円

きみたちにわかるかな、
なぜぼくが
嘲りの嵐のなか、
平然と、
自分の魂を大皿に載せて
モダンな食事の席へ運ぶのか

ラフマニノフの退屈から逃げ出したマヤコフスキーと友人ブルリュックが意気投合した記念すべき夜。声を上げたロシア未来派の旗手として、奇矯な言動で「社会の趣味をなぐる」青年マヤコフスキーが20歳で書き下ろした第一戯曲。演出・主演を詩人自身がつとめ、ルナパルク劇場をすずなりにした観衆に「穴だらけになるほど口笛で野次られた」とされる問題作。商業出版の道なく、わずか500部が友人ブルリュックの手で世に出た不穏な二幕物の悲劇がここに。

マヤコフスキー叢書の反響

*

——四十七年前にこんなかっこいい啖呵が切れたらどんなによかっただろう、と老いていささかの白髪と優しさのぼくは思う

池澤 夏樹

岩波書店「図書」2014年9月号

——若気のいたりと自信と性欲と傲慢さと虚勢と、恋と自負と全能感と希望がとにかく全開ですばらしい

山形 浩生

新・山形月報、2014年6月24日

——日本の詩は近代以降、このようなユーモアと諧謔の精神を失ったまま袋小路に入っているから、もう一度、彼の仕事をふり返る必要がある

佐々木幹郎

熊本日日新聞、2014年6月22日

——躍動感あふれる言葉の裏に、不安や焦燥感が見え隠れする

平田 俊子

共同通信、2014年6月

——あふれる情熱が言葉の奔流となり、美しさも醜さも混沌となって読者へと押し寄せる極めて挑戦的な詩篇

小林 浩

ウラゲツ☆ブログ、2014年6月1日

——若者らしいナルシシズムとリリシズム、多彩なイメージを喚起させる力にあふれ、今読んでも古びた感じがしない

芦原真千子

新文化、2014年5月22日

——若々しい。みずみずしい。高慢で、独りよがりだ。でも、その詩句は、疾走感に満ちている

陣野 俊史

日本経済新聞、2014年5月21日

——ナルシシズムを高らかに誇る「ぼくの精神には一筋の白髪もない」との断言が鮮烈だ

日本経済新聞

2014年5月15日